羅智成詩選

黑色鑲金

我總是懷著作第一個新詩開創者的狂想
或
最後一個詩人的感傷……

——「白樂天」詩稿，一九八六年春陌地生（Madison）

序言

我們
是隱隱然和這個或任一個文明相抗衡的。

我們每個人都
畏懼、堤防著不屬於自己的龐大事物

我們創作、創造（自己小小的文明）
以抵擋外界的進逼——除非我們讓步或答應——

但是創作的國境是無法割讓的
「觀察」正是我們遂行主權的方式

我們觀察，也被觀察
我們解釋，也被解釋

我們
是隱隱然和每個既成的解釋相排斥的

因為，我們從不是、不能、也永不願被既成的解釋
解釋成那個樣子
我們比任一「解釋」龐大得多

我們割據著各種「可能」
我們成長、蛻變、輾轉反側

—2

我們創作
創作是隱隱然和每個既成的心智相違背的。

1

黑色鑲金

循憂鬱以求瑰麗甜蜜的智慧
我秘密供奉黑色鑲金的美學。
像營造一座對發掘者施咒的
陵墓
以堅固的文字為槨
深埋了易腐的感覺與思想
杜撰或遺傳著祖先，或，至少，我父親
那半衰期太長的稀有金屬的憂傷

0

我在憂傷的時辰杜撰
在杜撰的同時隱藏

除非為了點亮妳漆黑的眼眸
從不輕示於人

我秘密供奉
過去所寫的文字。
以一再的重讀……

當我踱步於兩行詩之間的甬道
無數空繭如龕
悼念朝生暮死的蝴蝶……

我依稀記得他們的身影。
但我的詩已死
只有在別人不經意的閱讀中借屍還魂

1

請到我的迷宮裡來

請專心閱讀，而我將以文字全力防堵

當黑夜來臨

我將因我的後花園滯滿許多

迷途的遊客

得以不致孤獨入睡

2

闔眼，
現在，妳將看不見第二行以後的文字了
或者，妳因為來不及闔眼
而一直看到這個問號？
妳的求知慾
已對我既定的創作形成危機
我對我的下一個想法——
下一行詩也充滿好奇
藉著跟妳訴說的同時
也許，我將一一窺見它們

3

來，闔起眼睛
到我們獨處的巖窟——
漆黑、通風、自足的頭顱……
未成形的詞句、蝙蝠和水母
閃著磷光，貼壁寄生
緊閉的視野
還沒被看見
聽覺在井邊投石
等候回聲
後廂有些沒夢過的夢境，雜物堆陳

4

我蜷縮於此
靠不間斷的思維予我庇蔭。

有時
我的思想
靜坐暗角難以釐清
就像沒有一樣

5

「我的思想
是這座城市岐誤的伴奏」
「因為無人知悉
得以從容繼續」

6

我們且戰且退
以自身優美的剪影、模稜的辭彙抵抗這座城市
用孤獨
抵抗自己的懦弱
用無以排遣的感傷
抵抗時光
用失敗
抵抗他們的成功

7

我們的謊言日趨精美
不知真理是否也這樣？

8

謊言愈來愈逼真
謊言會不會終和真理碰頭？

9

我們也許終將碰頭
在彩虹被捕獲的地平線外
在鮮花與祝福互擲的婚禮
在城市終被馴服，只為一個人而美麗的凌晨
在文學的終點或
夢想因兌現而被遺忘的每個地方

10

孤獨是不是一種潔癖呢？

我緊擁著妳

卻仍有孤獨廁身的縫隙

11

她上來時
我正躺在想像中的閣樓
用天窗框取流散的白雲
整座閣樓是一自轉的星球……

她走近
按住旋轉的地球儀
窗外的白雲便遠遠停駐

12

我等她赴宴歸來
任憑瑣碎的憂思在空曠的宅第中遊盪。

我動用了太過龐大的耐心
對一個過小的承諾……
以永難撫平的興奮與索然……
自縛於她的跫音也結束不了的
期望

13

陽光數著桌上的粉筆灰
時間在抽屜裡昏昏欲睡
她轉身在黑板上種下一個秘密
又用板擦掩蓋了蹤跡

14

我曾等她赴宴歸來
昏昏欲睡而滿懷期待……

我當時還無力駕御的想像力
則沿著苔侵的門廊、階梯
在童話故事已經結束的場景裡
忙著填補故事中永不被提及的
少年讀者的遭遇

15

直到夢見她進來
我才安然入睡

16

理想和童年的世界觀是不可分的

17

和曲折的地下伏流相通的
她的眼睛啊
人們把金幣與最美的期待
都投入那雙許願池了
我凝視著我的凝視所激起的漣漪
隱隱帶著打撈那些金幣的惡意

18

我的童年
其實是禁錮在
被過度回顧而愈加
不確定的記憶裡
遺忘想釋放它
它卻不忍離去

19

春天，孤獨者的季節
孩童在雨中踢足球
我擔任左前鋒
我屢屢越位的思想像一部推草機
來回刈著涼綠的空寂

20

夏天，孤獨者的季節
備受思念的客人到此作短暫的停留
籠中黑鳥側耳傾聽銀針落地

21

秋天，孤獨者的季節

我沿著一百條緊密平行的林蔭步道
走向內心的一百種北方……

頂著往日蕪雜思想如
捧枯葉逆風而行
我空不出那麼多手去追回它們……

我記誦……

但整體而言，我一直在忘記

22

冬天，孤獨著的季節
我在荒山峰頂的電話亭
細心翻閱巨冊的超時空電話簿
〇〇二〇〇七八九五七三二〇〇三三八
我撥了電話給一九〇七年的梅特林克
電話在那個年代響起
但無人接聽

23

是的，那樣的愛情永遠失傳了。

是的，
那樣的愛情永遠失傳了。
我們曾經隆重祭祀
極力延續而無從實現的文明啊

25

像垂得太細長的蜘蛛絲
覺察到兩側空間的脅迫——
兩種不同的意見，或
兩種不同的程度——
我們太精確
總是泊停於
最接近兩個尺碼的差距之間……

26

一個太精確、太接近自己想法的想法
怎可能和別人的想法契合？
除了被我杜撰出來的
妳
妳算不算別人呢？

27

妳想像過
和我想像一樣的
稀薄、微曦的城市嗎？
幾乎無人看見，無人考據的
前一夜文明的遺址
任由各式美麗而疲憊的街燈守護著
只有失眠的我
像盜墓者一般闖入、據為己有……

28

為什麼他真正記掛、抱憾的事從不曾出現在他的作品裡？

29

懷著對讀者的悲觀與疑慮
我振筆書寫：
「似乎
一邊堤防讀者一邊極力表達
是我特殊、艱鉅的生活方式……」

30

為了疏離不適當的聆聽者
我們選擇這些複雜的儀式；
詩創作、不成篇章的異教教義、充滿陷阱的
真話與謊言
我們疏離他們
為了取悅自以為適於聆聽的他們

31

「謊言將因其美麗、憂傷或令人不解而被赦免。」

32

我沒有能力與德行去愛我至愛的前六人
只能從第七名愛起

33

他的憂鬱
像坐落在強震帶上的
美麗城市
我的思想
像依靠強震來
上發條的
掛鐘

34

☆是我戀史中的獨行俠
從不哭、不示弱
也不相信我的承諾

我把自己縮小為四分之一
躲在碗櫥裡興奮地胡思亂想
整個陳舊的廚房都不安盯著我——
除了一道光線分心想去接住水龍頭釀出的水滴

36

所有海岸都是世界的邊陲
所有沙灘都怕流失
我們擔憂夢的岸緣潰退
我們的世界是可溶的

37

早班公車環城一周卻沒搭載到一個乘客。

「把守心靈的語言之鎖

精巧、神秘、輕微鏽蝕——

一個信手複製的心智、心情如何能開啟？」

「不要緊，

讓我們沉默，或，

恣意誤解吧！」

「是的，那座海鹽打造且
充滿奇遇的城市
曾露出海面一次
我在現實盡頭和它悚然互望……」
那人恣意描繪
炫耀不虞失竊的各式記憶與想像一如
可以任意添加的財富。
我則中途退出話題
伺機爬上那座被浪花簇擁的城市

在我的腦袋裡
一列參差不齊的想法
沿深谷徐行
噤聲
深怕引起
文字的雪崩

瀕臨絕種的想法像
瀕臨絕種的動物一樣
在重重危機中
兀自反芻、發怔
難得現身
草草消逝

41

一如我憂傷預期
詩終於退入我的書房
其餘都淪陷了。

更高分貝的文明
在窗外遊行、搭建牌樓
美麗的字眼，將被一一放逐
文盲將開始撰寫文學史……

42

寒流帶來陌生而不舒適的氣候

使我們和思想中的陌生部分

變得熟悉起來。

我像一個努力要被粗心的文明校對出來的錯字

44

苔蘚
讓
幾隻復活的麋鹿
再度跌進深谷

暮冬和雨季
並置、交疊、複沓
是一種濫情而不知剪裁的
憂傷文體
難以被熱飲或情人的觸撫
刪改……
荒涼的美麗
再精深的修辭也無從辯駁

46

她靠上前來
神情、姿態、體溫和輕聲細語
都隨著我的書寫愈加鮮明
她漸行漸遠
以一種中世紀音樂的單調節拍
消失在文字盡頭

47

我的故事版本是這樣的：
在岬角附近洄游的鯨魚
每年固定誘拐一名孩童到大洋裡流浪
好幾年後便有孩童化身為海豚回家探望

48

漁村的孩童透露月亮下班後常常抄近路走海邊回家

49

除了修改曆法
他們還制定了星星節、冰河節
各式花祭、不定期的初雪日
流觴節、百貨公司折價日
風箏節、孤獨節等三百多個節日
有時一天之內上下午就有不同的節日
在興奮的期待中
我加倍想念妳

50

她們身著白色長衫
手持滿溢的水晶杯
魚貫涉過淺淺的河床
她們自信而歡娛
使我們，
和我們守候在岸上的思想顯得多餘……

51

那是一個多麼令人感傷的晨光
當我發現
滯留不去的年輕念頭
使我心虛……

52

就這樣
我把妳安置在第五十三首
每當我翻開這一頁時
妳必翩然出現、以我不曾用文字寫下的
那種柔情、美貌、神采……
而別人翻開這一頁時
妳翩然消失
除了文字什麼也不是

53

都市繼續荒蕪
糟糕的作品們廣被捧讀
我們只有在
另些糟糕的作品中
讀到零星的反抗

54

時間的流沙
偽裝成午後寂靜籃球場
麻雀投入，毫無聲息

55

一巨塊遙遠之地的空氣
迷航
撞上我們的島嶼。
颱風日，
陌生的涼意佔領全城的情緒
我迎風走到街頭
看列隊進城的空寂

56

颱風日，舉止傲慢的異邦人
出現在濱海的港口
盤旋的濃雲就是他的圍巾
他卻出奇的平靜

57

哲學教授離開的時候
把他靠旗魚標本的座位讓給我
但愈來愈多閒人佔據了酒館
只有我還帶著未發表的議論
靜默在彼反覆斟酌一個下午

58

我不能容忍他對知識
那種傲慢的態度。
那好像輕侮了我暗戀許久的女主人——
尤其她也正如知識一樣
深奧、美觀但對
任一粗糙的靈魂沒有絲毫抗辯能力

59

字愈來愈少
思想愈來愈大
內容愈來愈小

60

不對不對，這裡只有一段21號
沒有21巷。
幾家緊鄰的鐘錶店
介於午休與打烊之間
（好像時間遺留下來的宗嗣）

沒有，根本沒有早先那條巷弄……

我們必須再試試別的地方
繞過他們眼底的城市
尋找記憶的源頭

61

那樣美觀、豐盛的廣場
從沒在我的生活中出現過
但是
在原址荒廢卻是無可置疑的事

62

我們經過一座座城池
受到各式盤查
美觀的城樓上
總是怒目圓睜的標語

一出了城市步伐便輕快起來
我們忍不住在
戰國時代的星期天
遠足

63

他在午後叩門：

「我是一個著名的光線設計者
急著想引領你寂寞的目光
穿過對街嬉戲的孩童
加入斜斜停泊在教堂大牆上的陽光
完成我今天下午的作品。」

我自甘寂寞如
一座二百吋天文望遠鏡
向雲翳的天空
默默注視億萬顆孤星的背影

65

在詩淪亡的前一天
濃霧重訪城市
在上班的巔峰時刻。
春花提早在嚴冬綻放
不成熟的畫家提前偉大
「總之，我們的文明提前結束……」
拎著濕漉的雨傘
站在被騰空的博物館大廳
我突然有這樣的預感

66

在詩淪亡的前一天
我牽著疲憊的華服女子
從志得意滿的城市
回到燈火通明的雨中豪邸
在她的睫毛與脣線之間的短短距離裡
我的思想留下以下的痕跡：
「最叫人悵然的，是稀有的美麗在這極不相襯的年代
仍因過剩而貶值……」

67

巨大的溫室
乾淨地把濃密的熱帶雨林都移植進來了
我沿著噴水氣的管子
找到仍十分陌生的她
她正背對著我，專心從闊葉植物中提煉樹蔭
使得我的午夢充滿涼意

68

詩滅元年
我醒自對力和文學長期的內疚
著手新的計畫；
釋放衰老的夢想
解雇那些已無記憶或感情棲息的
文字
每日沿廢棄工廠對岸的河濱慢跑
準時為一個合理、緊湊的生活上緊發條

69

我們的文明在醒後便消失了
我們四散在睡前的社會裡
像後進古國的經濟難民
靠書報攤傳遞
失真的故鄉消息

70

在漆黑的
永久被遺忘的書房裡
浮標兀自在電腦上沉吟
一個孤獨的人工智慧
正以驚人的速度累積
鉅量深情瀝血之作
用0和1……

71

深夜，帶體內的少年去散步……

無睹於時日的消蝕他遲遲不肯離去
像逾期居留的候鳥流連於北方遊樂場的淡季
……
我雖然和少年時的我住在一起
其實也只有在換季時偶然相遇……

72

你還在我們永不相鄰的
隔壁
寫日記嗎？

73

有時，我的心思像一串慌張的鑰匙
焦躁地想在生命之門的
一千個鎖孔中
即時開啓一千個不存在的美景

74

那時刻，語言是新娘的面紗
自尊的創作者藉此嚴格挑選
得以窺探
他的淚水、卑劣與童真的陌生人

每個人心中都有一個黑暗的中古世紀

N

如畫的月光
投射在永夜的長廊
森黑的長袍徐行
緊裹著熟睡的肉體
在濃濃的血液裡，猜忌著別人的思想
無法自在圓其說的信仰
戒備著異教的慾望

N^{+1}

不論是文明的巔峰與谷底
思想在崎嶇、原始的腦殼裡跌跌撞撞
情人們總被更高的品格或權勢盤據
語言被虛擲、時間被揮霍
生命被扁淺的眼光戳瞎……

N+2

為了不存在的翅膀
人們打造各式鳥籠
但是充斥著飛翔的空氣啊
仍叫人血脈僨張

N+3

每個人心中都有一個黑暗的中古世紀

被這座城市喚醒過來……

N^{+N}

我們用發條、小米和相思豆
餵養青鳥

時間飛逝
我們只好把青鳥製成標本

我的肢體僵直
思想痠痛
像在電影院連續看了一百年的電影

大雨一直下
竟然把整個島嶼溶解了
我燈光依舊明亮的床鋪
漂浮在氾濫的河床上，
無數亮著檯燈的書桌
也繞著洄流打轉
像圍捕海嘯的憂鬱漁船……

78

大雨不停的年代
我把妳帶進被窩
在鐘乳岩支撐的
夢的洞窟裡
忘情刻鑿我們袖珍的文明與情話……

我們飛碟到達的時間較晚
沿著月光和溪谷
想找一處降落的曠地

我們輕輕滑入登山者的夢境
熄了引擎，靠下椅背，小寐，
只有點菸時
在他的記憶裡留下星光

79

山是晝伏夜出的
他的呼吸
在眾人入夢時分外清晰
山移動過，所以
姿勢和白天不同
山靜默注視
駛近的車燈
和車中熟睡的駕駛

外星人帶一身流行感冒潛入廚房時
剛好和我一個夢境攪在一起
我無法清醒捕捉那個記憶
只有鐘擺怵然停止時發出巨大的
沉寂

外星人獨自在廚房裡
有一些落葉的聲響
冰箱除了除霜的聲音
有一些老鼠的嘆息。

82

霧中巨樹
孤單守候我內心某部分的冬眠
即使輕聲咳嗽
也不讓枝葉顫動一下

83

一次又一次
我們世襲的總是
像率先窺見完美偽善者的真相般的，孤立

84

鐘擺是時間的口傳歷史

所有鐘擺都因襲著一種古老陳舊的腔調

85

火山口含著火口湖
充滿潔癖的風景。
失足的孩童
自無垠水面瞥見駭人的星星墳場

86

濃霧重新籠罩城市時
所有街坊都躲
一個始終沒來的空襲去了
我滯留在春雨細心濯洗過的街角
有意無意錯過了
他們在別處繼續進行的歷史

87

以霧為籬的停車場
一部緩慢地練習轉彎的灰色小車
好像在尋找出口

88

「心情不好時
我閱讀自己早期的作品，」
「我必須確定我始終離它們很近，」
「離我的內心、我的領域、我的宿命……」
「這就是我整個寫作的意義，」
「例如此刻，我在第八十九首回頭
而妳，
則以始終不變的美滿情節
緊守著我的作品……」

89

有時，我的世界很小
連自己的肺活量也容納不下
但我還是在侷促的心思裡
為妳空下四分之一的地方
開一扇陽光，掛一盞吊籃

妳不曾現身
也不曾放棄我對妳的承諾

那屢屢在夢中讓我迷路的中古院落
倖存於意識的荒僻角落。
我總來不及將那偶然的遭遇
標誌於記憶之中

當我醒時也不停止在夢中
繼續湮沒的
獨存於現實世界與我的大腦之外的
這些荒煙漫草
將蔓延至何時何處？

91

戀人們迅速變遷
我們的愛情與文明
終將因過度精美、遲疑
太多艱深詞彙
難以流傳下去

92

那是多麼感人、動人的消息啊
所有塞車在鬧區、字裡行間及
跨海大橋上的人們
都打開車門出來，互相慶祝、傾訴，捨不得離去

一些零星的文字載沉載浮於
思想的波濤之間
更多的言語
溺斃在思想的深海裡……

94

松鼠用冷杉的樹尖剔牙
讓針葉搖晃
當他攀緣而下
到我聽覺敏銳的午夢裡
因賣力嗑啃一粒未曾有過的鑽戒
發出聲響

95

充滿缺失的我仍不習慣
置身於詩作中太完美的場合
或跟我作品中最高貴的妳不同等級的存在

96

噓……
再忍著點
讓我調配出這幾個字來
治療
你在另幾個字上的
傷痛……

97

當我說：
「雨水在早春草原的
每一片草葉上產卵」這句話時
這些在創作過程中倖存的文字
也跟著萌芽、復活
不為那個特定意義地
迅速繁衍成早春的美學

98

詩人該感謝那些閱讀他作品的人
畢竟這是一場冷清的召靈遊戲：
鬼魂遲遲不現
而我們樂此不疲

99

我秘密供奉黑色鑲金的美學
誘拐憂鬱、深奧的文字
獻祭給不曾存在的智慧
那些被燒灼、犧牲的文字
(他們發出光怪陸離的聲響)
卻正取代它所獻祭的神祈

100

黑色鑲金

ㄏㄟ ㄙㄜˋ ㄒㄧㄤ ㄐㄧㄣ

作品主體完成於一九九二
一九九八年整理補足成書
一九九九年二月臺北初版
二〇一八年聯合文學新版

寫於此刻

「我總是被自己的作品感動。
親愛的力，我羞於承認，
但它的確帶給我很大的快樂……」
許久許久以前，
在《M湖書簡》中，
我誠實地如此書寫。

在那個時期，以及往後的許多時刻
創作跟我有種難以言喻的親密關係

在文字中，我生活得更具體、更深刻
更美滿、憂傷、真實，
更接近自己……

日常生活的一切，相對而言，
像某種刺探、某種造訪、某種冒險
回到文字裏頭，才算回到家
回到自己的國度，
被我精心安排、梳理、創造、統治的國度
啊！美滿而憂傷、孤獨而自得的國度……

「每日，我帶著自己小小的異國，

行走在平庸、忙碌而疏離的城市，
想念著、杜撰著、哀悼著
一個從不曾出現的文明」
這是我早先作品的主題，
也是生活中真正的記憶
透過各種美好的想像
來表達、隱藏與療癒……

在這些想像裡
我把情人安置在一首詩中
藉由閱讀才把她召喚出來
我會把讀者困於文字迷宮

那是我們邂逅最好的安排
我任由外星人在廚房翻箱倒櫃
為了不想嚇跑他下次的探索
也為孤獨創造許多節日和典故
希望孤獨被壯麗地銘記下來

我的詩就是那從不曾出現的文明
——或者，它確實輝煌過
只是規模太小、只有一人目擊
「像一個努力要被粗心的世界
校對出來的錯字……」

或者，
這些文字更像是用種種奇想
填寫給自己的空頭支票
它不會在現實中兌現
但已在每一次閱讀中
兌換滿滿的美感經驗
與孤芳自賞……

這一次，再次面對早先的作品
就像再次回到自己荒蕪的國度
我急於從殘損的遺跡
去辨識、還原每一個易感的時辰

與書寫的現場
急於擁抱它們當時所代表的心境
和始終在此逗留虛構的讀者

就像一九九九年那篇遲到的後記
依舊是那麼患得患失
興奮、羞怯與茫然

我的自戀完全展現於
對自己作品的溺愛與執迷上
這或許是早先的創作觀使然
我對書寫的事物投注太多的

思索與情感
每一行字都像
一座小小的神龕

《黑色鑲金》就是這些
靈感的靈柩與神龕
它是繼《寶寶之書》後

第二本「注音符號」系列的短詩集
但是寶寶已經離席
孤獨的元素與意涵
似乎又加深了一級

我珍惜每個易感、深思的時刻
它們是我創作的巔峰
也就是我文明的盛世
我不忍放棄或忘記
那日趨稀少的機遇
延續《寶寶之書》的親密氛圍
我繼續銘刻著對理想聆聽者的
傾訴與剖析
宣示著美好的抵抗與耽溺
也揭發著創作現場的自覺與自欺
為什麼採取如此簡短率性的形式？

正如《寶寶之書》的序言：
要表達的事物太細瑣、太幽微
而不見得所有感觸與思維
都需補齊額外字句
以成就完整的篇章

為什麼要標注音符號？
其實在第一本詩集《畫冊》
我就為詩作〈髮際〉注音了
注音符號像是胎記
象徵我對漢字學習的記憶

也期待讀者能以最初學習漢字的
好奇、專注與鮮活感受來
讀出每個方塊字的豐盛意涵
琢磨它進入心靈的節奏與途徑

在詩與純粹美感的交界
醒夢不分、蒙昧未啟的邊陲
我始終沒有離開
這充滿魔法與神奇藥草的
文字與迷霧的森林
在《黑色鑲金》之後
還完成了《藍色時期》

和其它短詩實驗之作
但迄今只選錄其中二十首
放在《夢中邊陲》裡

短詩因精確而耐讀
就像一把精準的鑰匙
它所開啟的心靈密室
它所啟動的心智活動
是別的語言或表達形式
或其它生活場景
無法重複也無法發動或釋放的

精確是磨練自我意識
最重要的書寫判準
讓你的洞見與表現
點石成金
削鐵如泥
所有細節與不確定
所有深奧的價值就在這些
因此被保留下來的
鐵屑與碎末裡

除了這些
我的親密的短詩
當然還有許多秘密
我會繼續把它藏在
下一本注音的詩集裡

二〇一八年三月十五日

致讀者——一九九九年「羅智成作品集」聯文版總跋

多麼奇妙的事，你們怎麼會注意甚至喜歡我的作品呢？
你們零星散佈在青春期前後、銀河兩岸以及世紀末的某些迷醉與清明的角落。
你們，絕大部分匿名、陌生、彼此不相像。
我，困坐在書桌前，有時忙碌、有時冷清、有時疏離自私、有時熱狂浪漫。但，我總是無暇顧及別人；不管在生活中，或書寫時……

但，為什麼，總有一些閱讀的時辰，我們如此親密？甚至，比起那些我熟知他們的身世、心情或電話號碼的友人更親密？

是不是，你收得到我的有些訊息？

而這使我們相信，或誤以為，彼此有些頗為相像的東西？

而這使得我們和（不曾與我在作品中聯繫的）他們不一樣？

我們極為相像的部分，有時是一種心情或心境吧？

更根本的，是一種對自己的堅持與關愛吧？

一種對自己、對自己持續的、意識地、深刻地關心與省察。因為，我們如此介意自己的存在。與存在的本質。我們想透過各種途徑接近、了解、把握與愛戀自己。

我們有時因此想得更勤奮、靈敏，因此需要有更接近自己的話語來操作、表達。

我們其實是某一種族群，遺傳或傳染到某一種耽美或偏執的基因。在舉世唯一的方塊字系統中，偷偷寄生著我們的方言。這種方言在表面上形式上與他們的一樣，語法也無二致。但是，在字裡行間裡，有更細緻的思維歷程，更有意識的情感表達，更豐盛、多變與更需要默契、教養的訴說方式。還有，那難以言喻的甜蜜、親密的宿命腔調……

這個族群，不太容易被粗糙的溝通與簡陋的心靈活動限制，雖然大部分時候寒喧、對話一如「他們」；但總有一些時刻，又渴望與更好、更完整的自己相處，藉由文學（或更好的語言）、藝術（或審美的宗教情操）、自省（或更清明的心智活動）、自戀（或更熱情的生命形式），或其它種種孤獨或隱蔽的管道。

是的，這個族群，懂得如何在自己的內心建立臨時或永久的庇護所。應用著自己和過往人們的創作、思考成果圍起一片片心靈、理想的保護區。只要你閱讀或創作，隨時都可以進來。

歲月嬗遞，時代變遷，我曾一次又一次地遠離自己，去狩獵、去競天擇。但每次，我憂鬱、疲憊、孤獨的時候，我就退回這兒。用溫柔的語言療傷、用狂野的想像滋養……

但是，這一次，我離開太久，我一意要跟上時代快速的轉變，卻完全忽略了緊隨身邊，卻一寸一寸消失的自己。

整整九年，沒有作品結集出書。連上一次計劃中已經完稿的另四本新舊之作，也在出版社的抽屜裡荒蕪……

一九八三年L·Y·到Madison來作我的學妹。其實她已經在北一女教過幾年書。

「你知道嗎？我認得有些男女學生，因為買不到，而一頁頁複印著你破舊的詩集……」

「他們學習你的語法，引用你的詩句。」

她不知那樣的話語，從那時起徹底改變了我寫詩的心緒。

在異國求學期間接觸到這樣的訊息，宛如死後在碑銘之前，聽見別人關於你的竊竊私語……

在那之前超過十幾年的創作生涯裡，我並不曾預期除了親近的、寫詩的友人之外，還真有其它陌生的心靈，會從我一意孤行的作品中找到他要的東西。

在那之前的，很長的時間裡，詩或其他創作，是我與可能更好的自己一種寂寞的結盟，對抗無視於你的存在、你的感受與你的意義的整個現實世界，對抗無視於你的存在、你的感受與你的意義的，時間。真的，在那之前，我只為自己而寫，純粹而絕對的，自己孤獨與苦悶、好奇與野望、憧憬與想像……我全心地感受、捕捉心靈的動靜、軌跡，一字一字為這些不表達竟然就等於不存在的，確實在我內心存在過的，「東西」，雕鏤最恰當、精美、合身的容器。

在那之後，一個具體的讀者意識才開始成形。

在創作過程裡，我開始會清晰地考慮到較普遍的對象：評論者、一般讀者、他們的反應與限制。我的寫作更趨成熟、確定、自信；我的寫作有了真實的對象，內心裡不再那麼孤單、絕望、純粹。我有時傾吐，偶而賣弄，我陳述、斷言、安適地表現、表達，篤定地預期著效果。

那到底是一個樂園的尋獲還是失落，迄今我仍無從判斷。我的創作態度改變。隨之而來是生活態度的改變。

我一直意識到這些，只是蓄意忽視這種改變的意義。從自己之內走向自己之外。從時間之外走進時間。從時代之外走進時代。

創作當然還是極為重要的，還是我自我辨識時的第一身分。只是它的優先順序滑到「永遠的第二位」去了！而，在熱切與資本主義生活周旋的時辰，總是有些當務之急急著遞補「第一順位」。被擺在第二位的創作大量減產、無暇整理，出書的計劃，一年一年延後。

友人們著急、困惑、婉惜。

「像君王草擬著放逐者的名單般，荒蕪自己……」

今年，一九九九年，初安民催促我的第五年，遠流版（「少數出版」）第二批書延遲的第十年，「羅智成作品集」聯文版的第五本書終於真正出來了！這五本書分別是：《傾斜之書》（1982年初版）、《亞熱帶習作》（原定1989年由遠流出版）、《黑色鑲金》、《文明初啟》、《南方朝廷備忘錄》。加上更早時遠流發行（「少數」出版）的《泥炭紀》、《寶寶之書》、《M湖書簡》、《擲地無聲書》共有九本小黑書了。在這之後蓄勢待發的，還有《蔚藍紀》、《藍色時期》、《夢中書房》、插畫集……等。當然，友人對於更後幾本書的出書進度，繼續觀望、質疑。

對我而言，這新舊夾陳的五本書的延宕，象徵了我創作生涯中最遲滯、冷清的時期。如今，它們終於出版，我的心理壓力也得以舒坦。

我似乎找回重返文學荒原的途徑。

而奇妙的是，你怎麼會還在？而且一直讀到這裡？

當有人長大、離去、忘記……

在文字的兩端，不管是讀是寫的那一端，是不是總有人，

總在一些時候，我們彼此貼聽著自己？

羅智成

黑色鑲金 索引

54	聯合副刊	
57	人間副刊	1990.12.23
58	人間副刊	1990.12.23
59	人間副刊	1990.12.23
64	時代副刊	1992.3.16
65	時代副刊	1992.3.23
72	時代副刊	1990.3
73	時代副刊	1990.3
76	聯合文學	1998.7
77	聯合文學	1998.7
78	聯合文學	1998.7
79	聯合文學	1998.7
81	時代副刊	1992.3
82	時代副刊	1992.3
90	時代副刊	1992.1.29
95	時代副刊	1992.2
97	聯合副刊	

N	聯合文學	1998.7
N＋1	聯合文學	1998.7
N＋2	聯合文學	1998.7
N＋3	聯合文學	1998.7
N＋N	聯合文學	1998.7

羅智成年表

1955 出生於臺北

1970 正式發表作品

1971 主持校刊編輯，與友人成立師大附中詩社

1973 完成「鬼雨書院」個人詩學構想及相關作品，據此所作之語錄分別收入《光之書》及《泥炭紀》

1974 入臺灣大學哲學系

1975 自費出版詩集《畫冊》（4月・鬼雨書院）
與友人詹宏志、楊澤、廖咸浩等創臺大詩社，積極從事文學及美術創作
與羅曼菲合作多媒體現代詩舞「給愛麗絲」，於耕莘文教院演出。

1976 於臺大策畫主辦「現代詩歌實驗發表會」

1978 臺大畢業，入運輸兵學校服預官役

1979 出版詩集《光之書》（2月・龍田）
發表長詩〈1979〉（獲首屆時報敘事詩優等獎）
服役期間發表〈巴比倫〉等3個神話故事（工商時報副刊）

1980 入中國時報任「人間副刊」編輯

1981 發表長詩〈問聃〉

1982 發表長詩〈離騷〉，獲時報文學獎新詩推薦獎
與李泰祥合作完成劇詩〈大風起兮〉
七月赴美國威斯康辛大學陌地生校區東亞所
出版詩集《傾斜之書》（10月・時報）

1983 完成《寶寶之書》主體
獲威大文學碩士，入博士班

1984 翻譯兩本19世紀中國攝影集，由時報出版公司出版（12月）
完成並發表「諸子篇」諸作

1985 發表長詩〈說書人柳敬亭〉於聯合文學
再獲時報文學獎新詩推薦獎
返台，重回中國時報任副刊組撰述委員
發表長詩〈齊天大聖〉

1987 出版散文集《夢的塔湖書簡》（4月．時報）
發表「無法歸類的創作者」專輯於四月號聯合文學
任教於文化大學中文系

1988 著手「羅智成作品集」之編輯與出版（少數出版．遠流發行），計畫再版《光之書》、《傾斜之書》及《夢的塔湖書簡》（改名《M湖書簡》）；初版《寶寶之書》（詩集）、《泥炭紀》（札記）、《文明初啟》（文集）、《亞熱帶習作》（散文集）及《擲地無聲書》（詩集）
任教於淡江大學及文化大學中文系
主編中時晚報之「時報副刊」

1989 「羅智成作品集」先行出版《M》、《寶》、《泥》、《擲》等四本書，其餘則因故遷延至1999年，才由聯合文學出版
完成短詩集《黑色鑲金》、大陸紀行「北京備忘錄」
組傳播公司從事電視、影像節目之製作
任教輔大日文系（1989—1991）

1990 任中時晚報副總編輯兼副刊組主任
公視節目「當代書房」製作人

1991 任教東吳大學中文系（1991～）

1992 整理影像、插圖及視覺設計作品「象形文字」
時報文學獎新詩組決審委員
中時晚報電影獎非商業類評審委員

1993 香港著名之中英劇團改編長詩「說書人柳敬亭」為粵語舞台劇，於「香港藝術節」公演，獲最佳導演、最佳男主角等獎項（導演為毛俊輝，編劇為張達明）
重新進行中斷數年之「羅智成作品集」出版工作
完成視聽詩集「重瞳之書」之拍攝腳本
中華民國電影年執行委員
參與PEOPLE雜誌之創辦

1994 中國時報年度十大好書決審委員

衛視中文台財經節目「縱橫四海」製作總監

1995 中國時報年度十大好書決審委員

公視節目「吾鄉印象」製作人兼導演

1996 四月離開中時報系，任樺舍文化事業總經理、康泰納仕雜誌公司編輯總監，參與VOGUE、GQ雜誌之創辦

臺北市美術館1996雙年展籌備委員

中國時報年度十大好書決審委員

參與「FM91.7」廣播電臺之創辦，並任臺長

飛碟電臺讀書節目「文字星球」共同主持人、製作人

完成散文集《南方朝廷備忘錄》、詩集《夢中書店》

開始創作散文集《蔚藍紀》

1997 創辦旅遊雜誌TO'GO，並任發行人

完成「聯合文學版」之「羅智成作品集」共五本（再版《傾斜之書》，初版《亞熱帶習作》、《黑色鑲金》、《文明初啟》、《南方朝廷備忘錄》）之出版準備工作

完成短詩集《藍色時期》

1998 第一屆全國大專文學獎決審委員

1999 出版「聯文版・羅智成作品集」五本

2000 於天下文化出版遊記《南方以南・沙中之沙》，同時再版詩集《光之書》及《擲地無聲書》（天下文化）

2002 擔任國立東華大學駐校作家，並任教於創作與英語研究所

擔任臺北國際詩歌節策展人

出版詩集《夢中書房》（聯合文學）

2003 擔任臺北國際詩歌節策展人

2004 出版詩集《夢中情人》（印刻）

應邀參加法國Le Printemps Des Poetes春天詩歌節

2005 接任臺北市政府新聞處長

應邀參加德國柏林文藝節（Berlin literature Festival）

投入音樂劇及相關劇本創作，首部作品為《世紀情書》

2008 出版詩集《夢中邊陲》（印刻）

2009 擔任臺北國際詩歌節策展人

2010 任駐香港光華新聞文化中心主任

出版詩集《地球之島》（聯合文學）

2011 任中央通訊社社長

應邀參加北島策展之香港詩歌節

2012 辭中央社、創「故事雲工作室」

香港大學中文系黎活仁與廈門大學中文系合辦「羅智成作品研討會」

出版詩集《透明鳥》（聯合文學）

2013 《透明鳥》獲文化部第37屆金鼎獎圖書類最佳文學圖書獎

出版詩集《諸子之書》（聯合文學）

任師大國文系兼任副教授

2014 完成故事雲系列詩劇《迷宮書店》及《世記情書》、《桃花秘境》、《少年蒲松齡》等五種劇本和故事原型

2015 擔任開卷年度十大好書決審

2016 出版詩劇《迷宮書店》、旅行攝影集《遠在咫尺》（聯經）

應香港浸會大學之邀，擔任訪問作家

2017 應文訊之約，於紀州庵策畫「世界停電我獨舞」羅智成特展（7/29—9/30）

2018 出版評論集《知識也是一種美感經驗》（2月・聯經）

再版詩集《黑色鑲金》（4月・聯合文學）

聯合文叢625

黑色鑲金

作　　者／羅智成
企劃・設計／羅智成
封面・插圖／羅智成

發　行　人／張寶琴
總　編　輯／周昭翡
主　　　編／蕭仁豪
資 深 美 編／戴榮芝
業務部總經理／李文吉
行 銷 企 劃／許家瑋
發 行 助 理／簡聖峰
財　務　部／趙玉瑩　韋秀英
人事行政組／李懷瑩
版 權 管 理／蕭仁豪
法 律 顧 問／理律法律事務所
陳長文律師、蔣大中律師
出　版　者／聯合文學出版社股份有限公司
地　　　址／台北市基隆路一段178號10樓
電　　　話／(02) 27666759轉5107
傳　　　真／(02) 27567914
郵 撥 帳 號／17623526聯合文學出版社股份有限公司
登　記　證／行政院新聞局局版臺業字第6109號
印　刷　廠／沐春行銷創意有限公司
經　銷　商／聯合發行股份有限公司
地　　　址／新北市新店區寶橋路235巷6弄6號2樓
電　　　話／(02) 29178022
出 版 日 期／2018年4月　二版
定　　　價／280元

ISBN 978-986-323-254-4 (平裝)

國家圖書館出版品預行編目資料

黑色鑲金 : 羅智成詩集 / 羅智成作.
-- 初版. -- 臺北市 : 聯合文學, 2018.04
152面 ;　12.8×19 公分. -- (文叢 ;625)

ISBN 978-986-323-254-4(平裝)

851.486　　107005292

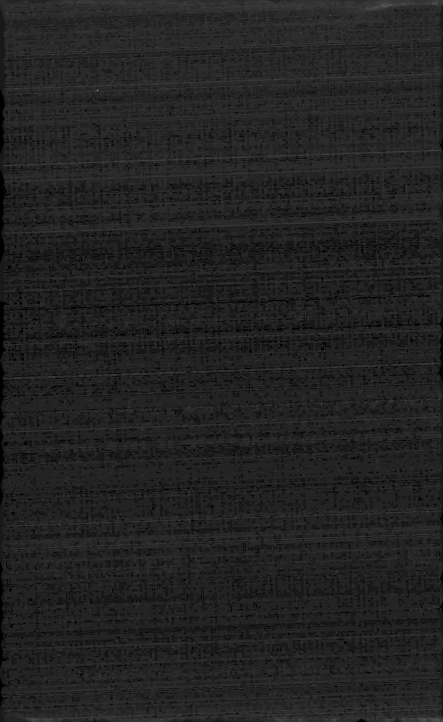